AF447301

Willow H.R. Harper

# Temps Mort

*Illustrations : Pixabay*

# I.

Le matin. La première chose que j'entends est une rivière. Une rivière que je peux sentir couler dans mes veines. Une rivière qui enflamme mes blessures. Au bout de quelques minutes, je me mets à frissonner. J'ai la chair de poule.

Bientôt, je vais entendre des pas. Des paroles.

Un soupir saccadé m'échappe. J'ouvre les yeux. Et mon regard se dirige vers la commode sur ma droite. Il y a une boîte d'antidouleur et un verre d'eau dessus. Ma main droite décharnée commence à être parcourue de spasmes. Elle veut se gaver de quelques comprimés.

*Va te faire foutre.*

Je me tourne vers la fenêtre. Juste à temps pour voir l'oiseau vivant dans le coin s'envoler pour la journée.

La douleur continue de monter.

Je m'assois et pose ma tête contre le mur derrière moi. Je respire lentement. Profondément. Ce n'est pas assez. Je sers la couverture de ce lit inconfortable comme je peux.

Des pas. La porte grince. Mon pouls s'accélère. Ma respiration se bloque. Alors même que je sais qui va rentrer. Une femme insipide.

La voilà, avec sa précision maladive. Pour m'amener mon petit-déjeuner. Ou de quoi changer mes bandages, ou mes couches. La voilà, avec sa grimace. Son pas prudent. Ses épaules tendues. La voilà, avec sa peur. Qui ne veut pas de moi. Mais qui m'a recueilli.

Une femme faible, insignifiante. Que mon propre corps craint. Pathétique.

Comme d'habitude, je continue de regarder par la fenêtre. Je me concentre sur le bruit de la rivière. J'ignore son existence. Je ne l'entends pas traverser la pièce. Je ne sens pas le plateau être posé sur mes jambes. Je ne l'entends pas sortir de la chambre pour revenir quelques minutes plus tard. Je ne l'entends pas me supplier de prendre mes antidouleurs. Je ne l'entends pas me dire que je dois manger.

J'entends son silence. Je sens la chaleur de son corps ronger mes brûlures sous mes bandages. Elles me démangent. Elles me supplient de gratter encore et encore.

— Fausto sera rentré samedi, articule-t-elle doucement.

Je tressaille sans le vouloir. Ma tête se tourne sans que je ne m'en rende compte. Nos regards se croisent quelques secondes. Dans ses yeux, une curiosité froide mêlée à une satisfaction obscène. J'ai envie de vomir. J'ai envie de l'étrangler.

Elle détourne le regard pour prendre la boîte d'antidouleur. Elle continue de parler. Mais je ne l'entends plus. Je revis l'explosion. La douleur. La lumière. La peur. Quand j'ai cru mourir.

Je me recroqueville. Je ne dois pas. Pas devant elle. Cette femme qui voit ma déchéance. Elle doit s'amuser de ce spectacle. Ou pire : éprouver de la pitié et de la compassion. Après tout, c'est une femme.

Je crois que je vais vomir pour de bon. Mais j'arrive à me retenir.

— Tu devrais prendre ton anti-vomitif et ton antidouleur, propose-t-elle d'une voix prudente ; même si elle pense être insistante.

Je frappe sa main tendue pour l'écarter de moi. Au moins, je ne suis plus recroquevillé.

Je me détourne. Encore. Dehors, les collines, les seules choses que je peux voir d'ici, sont baignées de soleil. Je pense à Lucky, Fausto, à leur vue. Dès qu'il sera là, on partira. Cette femme ne sera plus qu'un mauvais souvenir.

Je ne me rends pas immédiatement compte que la porte grince à nouveau. Je jette un regard dans sa direction. Juste pour être sûr qu'elle est partie. Je la vois lancer un regard pensif vers le téléphone fixe. Puis, elle me laisse enfin tranquille.

Un frisson de soulagement parcourt mon corps. Je pose ma main la moins brûlée sur mon front humide. Je serre les dents en sentant des larmes couler malgré moi. Ce n'est qu'un court répit.

Rapidement, je porte la même main à ma bouche. Cette fois, je vomis pour de bon.

*

Alors que le bruit de la rivière devient plus fort, l'oiseau se pose enfin. Bientôt, le soleil va se coucher. Bientôt, cette femme va revenir pour reprendre le plateau et changer mes couches. Bientôt, elle va me faire la morale. Bientôt, ma seule compagnie sera la rivière qui coule dans mes veines.

Cette nuit. J'ai plus de mal à m'endormir que d'habitude. Pour une fois, ce n'est pas à cause de la douleur. Je pense à Lucky. À notre rencontre il y a quatre ans. À sa persévérance à devenir mon sous-fifre. Alors que le père de Lucky est bien placé.

Je pense à Lucky. Si je ne l'avais pas envoyé en Amérique, peut-être que je n'aurais pas été piégé. J'ai voulu gagner de l'influence. Pouvoir enfin me rapprocher d'Adolfo Genovese. Et voilà le résultat.

Je glousse malgré moi. Peut-être que j'ai mérité cette dernière explosion. La première explosion aurait dû être suffisante. Mais non. Je me suis entêté. Et je n'ai fait que perdre en réputation depuis. Je n'ai plus rien. Plus de matériels. Plus d'alliés. Je ne serais même pas surpris si on m'éjecte de la famille après tout ce que j'ai fait. Maintenant, je suis lucide. Je me rends compte de ma stupidité. De devoir compter sur des mafieux d'un autre continent. Je suis désespéré. Je ne vaux pas mieux qu'une catin d'une soixantaine d'années couverte de pustules en quête d'un client et n'inspirant que dégoût et pitié.

Je pense à ma mère. Plus lucide que moi. Elle sait. Elle savait. Elle a toujours su.

Cette sensation de brûler et de geler à la fois, devenue si familière, me reprend à nouveau.

Je ne dois pas penser à elle. Je dois penser à Lucky. À moi. À ce qu'on va faire une fois qu'on sera parti d'ici.

# II.

Le lendemain. Peu après le départ de l'oiseau. La femme apporte un nouveau plateau. Du thé, un œuf au plat et une tranche de pain. Un plat plus austère qu'hier. Elle semble enfin commencer à comprendre qu'elle n'a fait que gâcher de la nourriture jusqu'ici. Comme d'habitude, je ne prends pas la peine d'y toucher. Je préfère observer un bourdon qui ne cesse de se cogner à la vitre. Je ne pense pas en avoir vu un seul depuis mon premier réveil.

J'ai vaguement conscience qu'elle me pose des questions sur Lucky. Visiblement,

Lucky a su garder sa langue. Contrairement à cette femme.

Alors que j'observe le bourdon s'envoler au loin d'une trajectoire incertaine, la femme me prévient qu'elle va changer mes bandages. Ce sont les seuls moments où je lui accorde de l'attention. Pas pour elle, non. Elle peut aller se faire foutre. Ce n'est qu'une étrangère insupportable.

Le plus doucement possible, j'écarte la couverture de mes jambes. Je me positionne de manière à ce qu'elle puisse défaire mes bandages facilement.

— Tes blessures guérissent plus vite que prévu, commente-t-elle en inspectant le bas de mon visage.

Je l'écoute à peine. Maintenant que le bourdon est parti, la rivière assaille mes veines avec d'autant plus d'ardeur. Je fais de mon mieux pour ne pas trembler. Devant elle.

Mes bandages sont lentement défaits. La sensation de l'air libre sur mes brûlures est insupportable. Il m'irrite, intensifie la douleur. Et mon désir de me gratter à sang est doublé. Mais ce n'est rien. Peu de temps après, le produit qu'elle applique sur mes plaies pour me « guérir » triple mon désir de hurler. Et ces ongles ! Ces longs ongles de femmes lobotomisées avec leurs « modes » !

*Un de ces jours, elle va me blesser avec ces griffes !*

Elle ne fait pas attention. Elle passe son temps à commenter l'avancée de mon traitement.

Je sers la housse de lit comme je peux. Je suis certain que je vais m'évanouir. J'aimerais mourir. Mais non. Mon corps endure cette torture. Me partage le plus infime mouvement de ses doigts. Et à présent, le moindre détail de sa journée.

Je ne sais pas combien de temps il lui faut pour changer mes bandages, mais je sais que ce n'est pas fini. Pas encore. Après la douleur vient l'humiliation.

Pour pouvoir appliquer son produit, elle a dû fatalement enlever ma couche. Et maintenant, je dois supporter son contact pendant qu'elle lave mes parties intimes.

J'aurais préféré qu'elle se taise plutôt que de l'entendre m'énumérer sa liste de course. J'aurais préféré la douleur à tout ce que je peux ressentir en cet instant.

Lentement. Trop lentement. Elle parcourt les moindres recoins. Trop de soin. Je suis persuadé que malgré son visage neutre, ces instants doivent être ces moments préférés. Je suis même sûr qu'elle fait du surplace par moment. Pour appuyer ses propos que je n'écoute même pas.

Obligé d'écarter les cuisses, je ferme les yeux. Je ne sais pas si ce moment est pire que lorsque je devrai me retourner pour qu'elle lave en profondeur mes fesses. Je sais seulement que je suis incapable de me déconnecter de cette situation. Qu'importe à quel point j'en meurs d'envie. Si seulement elle arrêtait de parler, peut-être que j'y arriverais.

— Si cela ne te dérange pas, j'égaliserais tes cheveux avant le retour de Fausto, continue-t-elle en approchant une main dégoulinante de produit de ma tête, sans la toucher. On pourrait profiter de l'occasion pour voir si tu as la force d'aller à la salle de bain. Je sais que c'est----

— La ferme !

Je lui lance un regard noir en relevant la tête. Je n'en peux plus de son débit de paroles incessant.

— Ferme-la ! Ta gueule, sale pute !

Ses yeux dégueulasses passent de la surprise à une teinte plus sombre alors qu'elle écarte vivement sa main. Je ne sais pas ce qu'elle ressent et je m'en moque. J'ai toujours évité au mieux de lui parler, mais je n'ai aucune intention de me taire maintenant.

— Cesse de me regarder avec tes yeux de morues ! Tu me prends pour qui ? As-tu seulement la *moindre* idée de qui je suis ? Tu crois que parce que tu connais Lucky tu peux m'adresser la parole ? Écoute-moi bien, *petite merde*, parce que je ne le répéterai pas : tu peux être le *meilleur* sac à foutre que Lucky ait jamais connu, ce n'est *pas* mon problème ! Tu n'es qu'une *pute* qui doit me tenir en vie jusqu'à son retour, alors apporte-moi ma bouffe, soigne-moi, et ta *putain de gueule* !!!

J'inspire profondément d'un rythme saccadé, ma gorge en feu d'avoir quitté son mutisme. Le produit sur ma poitrine offre un contraste malsain avec le peu de peau encore intact qui me reste. J'ai envie de vomir ! Encore ! Je regrette de ne pas pouvoir lever la main sur elle. De ne pas pouvoir lui faire rentrer dans le crâne où est sa place ! Surtout qu'elle a l'audace de ne pas baisser les yeux !

— Damiano Labate. Un mafieux qui veut prendre la place d'Adolfo Genovese, répond-elle d'une voix neutre en se mettant debout pour me toiser de haut.

À ces paroles, la douleur brûlante qui me ronge est immédiatement remplacée par une douche glacée.

— Quoi ?

Lucky ne peut pas avoir parlé. Ce n'est pas possible. Il ne peut pas lui avoir dit nos plans. Personne ne doit savoir. Il le sait, il le savait pertinemment.

D'un geste vif, je sens mon bras gauche saisir le bord du plateau. Ignorer les cris plaintifs de mes doigts abîmés. Je meurs d'envie de me lever, de prendre le plateau et de la frapper au sol jusqu'à ce qu'elle crève. Mais je suis coupé court dans mon élan meurtrier lorsque je croise à nouveau son regard. Au-delà de sa voix neutre, ses yeux écœurants sont noircis d'une haine ardente. Pas envers moi. Envers lui. Elle le hait. Elle hait Adolfo Genovese du plus profond de son âme.

*

Je cours dans l'herbe. Une herbe jaunie par la chaleur. Je suis en train de crier. Je ne sais pas ce que je dis. Je ne sais pas où je suis. Je ne sais pas depuis combien de temps je cours. Je ne comprends pas pourquoi je cours après une femme. Je ne comprends pas comment je ne réussis pas à l'attraper. Elle marche. Non. Elle flotte lentement au-dessus de l'herbe. Jaune.

Sans crier gare, je marche sur un piège. Une explosion m'emporte. Assommé, je sens pourtant mon bras s'embraser. Fou de douleur, j'essaie de le sortir de là. Mais j'en suis incapable. Il est coincé sans que je ne comprenne comment. Je finis par reprendre *conscience du monde qui m'entoure. C'est là que je me rends compte que mon bras n'est pas coincé. Il est tenu d'une main ferme par la femme après laquelle je courais. Elle est en feu.*

*Mon cœur s'emballe. Je reconnais la femme de Lucky. Je commence à l'insulter et à la frapper pour l'obliger à me lâcher. Encore et encore. Rien n'y fait. Mes coups. Les flammes. Rien ne semble l'atteindre. Bien au contraire, l'étincelle dans ses yeux grandit à chaque nouveau coup que je lui porte.*

*Je détourne la tête. Dans l'espoir de trouver quelque chose autour de moi pour la frapper encore plus fort. Je n'ai pas le choix. Je ne veux pas mourir.*

*Il n'y a rien. Rien que de l'herbe rouge à perte de vue.*

*Quelques secondes plus tard, je hurle de douleur. Mon bras est arraché. Sans effort. L'insulte aux lèvres, je lève l'autre bras pour la battre. Mon corps s'immobilise à sa vue.*

*La femme a disparu, à sa place se tient ma---.*

Je me réveille en sursaut. Pendant un instant, je suis persuadé que mon cœur ne bat plus. Que je suis mort. Mais je suis en sueur. Mes bras tremblent. Et j'ai de nouveau envie de vomir.

J'essaie de bouger. Mais je n'y arrive pas. Devant moi, je vois encore ces yeux.

# III.

Les deux jours suivants sont, à ma plus grande joie, silencieux. Même la rivière semble la fermer. Elle est à peine perceptible. De même, il m'arrive de ne pas psychoter sur mes blessures. La seule chiantise, c'est lorsqu'elle me lave des pieds à la tête, à la veille du retour de Fausto. Je regrette déjà de ne pas l'avoir remise à sa place plus tôt. Mieux encore, elle a encore plus la pétoche. Elle se dépêche de terminer ses corvées et garde les yeux rivés au sol. Évidemment, ce petit bonheur ne dure pas. À l'aune du troisième jour, je viens à peine de recevoir ma bouffe que j'entends une porte s'ouvrir dans une autre pièce. Une seconde plus tard, la voix de Lucky s'élève :

— Je [...] rentré.

Rien qu'à sa voix, j'arrive à percevoir son détachement émotionnel. Un détachement qui le caractérise bien : ni agréable ni désagréable, pas d'inquiétude, pas d'empressement, presque chiant en fait.

Cette femme insupportable commence à s'exprimer à son tour d'un ton enjoué.

Puis, un silence. Je n'ai aucun mal à les imaginer s'embrasser. Écœurant. Comme je refuse d'imaginer une telle horreur plus longtemps, je m'oblige à me concentrer sur les collines verdoyantes surplombant ce qui ne doit être qu'un village. Ou, au mieux, une petite ville. Mais bien sûr, je n'y arrive pas.

Dès que j'entends qu'on parle de moi, je ne peux pas m'empêcher d'écouter à nouveau.

— […] va bien. […] pas médecin, mais […] risque plus rien à ce niveau-là. Normalement, il devrait […] en faisant attention, mais…..

— Traumatisme ? propose Lucky suite à un nouveau silence prolongé.

Si elle répond, je ne l'entends pas. En revanche, j'ai tout le loisir de sentir la douleur grimper de mon coude à ma clavicule en rongeant tout sur son passage. J'éprouve une furieuse envie de me gratter à sang. Fort heureusement, Lucky me distrait peu de temps après :

— […] le voir. […] me faire à manger s'il te plaît ? Je […] depuis mon retour sur l'île.

Aussitôt, je focalise mon attention vers l'extérieur. Pour faire genre.

*Est-ce que j'ai vu le piaf ce matin ?*

La porte de la chambre s'ouvre avec violence, rapidement couverte par une voix faussement enjouée. Une fausseté que je n'ai appris à blairer qu'à force de le côtoyer et de l'observer lors de ses interactions sociales. Je ne sais pas s'il est un psychopathe, ou un sociopathe ou que sais-je encore. Pour ce que j'en sais, c'est notre travail qui l'a rendu comme ça. En tout cas, Lucky a le don d'avoir le monde à ses pieds. Il a beau être la seule personne que j'ai fini par apprécier, je ne peux pas m'empêcher parfois de me demander s'il ne me manipule pas moi aussi. Même s'il est mon sous-fifre. Pour être franc, je ne comprends toujours pas pourquoi il s'est allié à un mafieux de merde. Je n'ai fait que subir échec sur échec. D'un autre côté, Lucky n'a jamais laissé échapper le moindre indice trahissant un quelconque motif ultérieur. Au contraire, il m'a toujours donné l'impression d'être un je-m'en-foutiste de première.

Justement, Lucky semble remarquer que son monologue aussi insipide qu'inutile sur mon bien-être et le beau temps est une perte de temps puisqu'il finit par la fermer. Ce qui prouve bien qu'il est intellectuellement supérieur à la femme qui partage sa couche.

J'espère pouvoir profiter du silence, mais je peux à peine me détendre qu'il se remet à l'ouvrir avec une intonation complètement différente.

— J'ai la faveur de la famille Luciano, déclare-t-il, s'adonnant enfin à faire son rapport. Genovese l'a trahie pour une histoire de trafic d'armes il y a dix ans. J'ai réussi à le persuader. Que c'est parce qu'il ne s'est pas vengé que plus aucune famille sicilienne ne veut travailler avec lui. La réputation, l'honneur, tout ça. Tant que Genovese meurt et que tu sous-entends qu'il en est la cause, il veut bien te laisser contrôler la Sicile. Oh, et il veut aussi que tu reprennes un trafic d'armes transatlantiques avec lui.

Je ferme les yeux quelques secondes à cette victoire, un sourire amer aux lèvres. Elle arrive bien trop tard. Dès que le parrain des Luciano apprendra la nouvelle de mon dernier échec, je n'ai aucun doute qu'il va aussitôt se rétracter. Il n'est pas encore assez sénile pour s'allier à un mafieux de merde et solitaire, même pour une histoire de vengeance.

— Oh, et il a réussi à soudoyer un membre de la famille DiBella. Donc quand on voudra préparer l'attaque, il pourra envoyer du matériel et des hommes. Par lignes privées. Par avion.

Je ne devrais pas, mais cet ajout pique ma curiosité. Je penche la tête légèrement et mes yeux se rétrécissent.

— Depuis quand les DiBella ont un problème avec Genovese ? Je croyais qu'ils étaient en trêve ?

Lucky m'offre un sourire vide lorsqu'il me répond.

— Une histoire de femmes.

Un profond soupir m'échappe. Encore plus con que ce que je pensais. Des femmes ? Sérieusement ? Certaines personnes ont une vie bien vide pour être prêtes à tout perdre pour ça.

Dégoûté par cet échange, je lui signale que notre conversation est terminée en détournant la tête pour regarder par la fenêtre. Visiblement, son voyage en Amérique l'a rendu amnésique parce qu'il continue de parler. Ce qui est plutôt chiant vu que mes douleurs sont de nouveau de la partie.

— On a trois mois pour lancer l'opération. Après ça, on est de nouveau seul. Ça nous laisse au moins un bon mois pour que tu te remettes totalement.

Je serre les dents à son intonation de bisounours. Je ne suis pas vraiment d'humeur à écouter ses faux-semblants. Surtout avec cette douleur qui recommencer à se propager le long de ma clavicule. Il y a peu de chance qu'il devienne aussi insupportable que sa femme, mais ça veut pas dire qu'il ne peut pas devenir gonflant à force de l'ouvrir.

Lorsque la porte grince, je me raidis d'autant plus à l'idée de devoir subir un double flot de paroles.

— Je t'ai préparé un sandwich, se contente-t-elle de dire. Je cuisinerai un plat chaud ce soir.

Elle ne s'attarde pas. À ma plus grande joie. Mais comme je n'entends pas la porte se refermer, je jette un rapide coup d'œil pour la voir à nouveau hésiter à hauteur du téléphone. En y réfléchissant, j'ignore si elle a décroché la prise. J'imagine qu'elle est parano à l'idée de me voir utiliser son téléphone pour appeler d'autres mafieux. Ou une autre connerie dans le genre. En tout cas, elle finit, comme d'habitude, par ressortir, la porte grinçant derrière elle.

Comme Lucky ne se gêne pas pour s'asseoir sur le lit étroit – je peux même sentir la chaleur de son corps de là où je suis et avec mes brûlures, ça me donne seulement l'impression de cramer de l'intérieur – en laissant échapper une onomatopée satisfaite, je ne peux m'empêcher d'exprimer mon énervement :

— Depuis quand tu te comportes comme un gosse ?

— Hm ? (Lucky me lance un regard confus avant de sourire, malgré une bouche pleine) Oh, non, mais c'est pas ma faute ! Les femmes adorent les hommes modernes ! Mais elle, dès que je touche à quelque chose, limite, elle pique une crise. Tu aurais dû la voir le jour où j'ai voulu ranger une pile de VHS ! J'ai cru qu'elle allait me tuer ! Après, je m'en plains pas : elle fait toutes les corvées et moi je suis traité en roi.

Pendant un instant, j'aurais presque pu gober qu'il s'est véritablement attaché à elle. Mais je suis pas aussi con. J'enchaîne d'un ton acerbe :

— J'espère que tu ne seras pas trop déçu de perdre ton sac à foutre lorsqu'on partira.

Une partie de moi cherche à l'énerver, mais je parviens seulement à le faire rire. Il

me lance un regard entendu, finit d'avaler ce
qu'il a entamé et me rétorque :

— Les hommes ne l'intéressent pas.

# IV.

Le lendemain, je peux pas m'empêcher de la dévisager tout le long de sa première visite matinale. Je sais pas exactement ce que je cherche. Une trace, un indice, une preuve de ce qu'elle est vraiment. Sa coupe de cheveux est chiante au possible, négligemment attachés en un chignon. Sa manière d'être trouillarde et d'essayer de calculer le moindre de ses gestes comme si une femme comme elle en était capable est sans intérêt. Ses vêtements chiants de sobriété trahissent qu'elle n'est rien d'autre qu'une campagnarde. Même sa poitrine et ses hanches ne sont ni trop développées ni trop invisible. Son physique est aussi chiant que ce que j'ai pu entrevoir de sa personnalité. Un être chiant. Un con n'ayant même pas la décence de jouer le seul rôle qu'il peut remplir. C'est pathétique.

Lorsqu'elle croise mon regard par accident, au soir, alors qu'elle est revenue chercher un plateau entièrement vide pour la première fois depuis mon arrivée ici – pour être franc, c'est à cause de Lucky qui ne s'est pas gêné à piquer dans mon assiette, même si la bouffe est dégueulasse – et qu'elle jette, encore, un œil vers son téléphone, je ne peux m'empêcher de repenser à la noirceur de son regard quand elle a parlé d'Adolfo Genovese.

Ça doit être la seule chose qui n'est pas chiante à son sujet. Je ne sais pas ce qu'il lui a fait. Surtout à une femme aussi chiante – ou tout du moins, j'imagine qu'il doit avoir un minimum de goût en ce qui concerne les femmes. Mais ça doit être sacrément grave pour qu'une pétocharde comme elle le haïsse. Adolfo Genovese a toujours été craint. Les gens ont toujours eu tendance à avoir la pétoche plus qu'à éprouver du respect à son égard. Il y a aussi les personnes n'aimant pas son contrôle obsessif à la limite de la dégénérescence, mais de la haine ? Une haine est toujours motivée, et la source de cette haine m'échappe totalement.

D'un autre côté, je ne sais même pas pourquoi j'en ai soudainement quelque chose à foutre. C'est une autre de ces femmes dégénérées ? Et alors ? Je devrais en avoir encore moins à foutre d'elle. L'ignorer d'autant plus. Ce genre de personnes ne vaut pas la peine d'être regardé et encore moins écouté.

Je sais pas si c'est mon état physique ou si c'est le fait d'être enfermé à longueur de journée, mais je dois me faire vachement chier pour perdre mon temps à penser à cette femme.

L'ignorer, c'est ce que j'ai voulu faire le lendemain, mais un nouveau détail me frappe à la gueule alors que la truie m'apporte ma bouffe docilement. Elle porte une robe ouverte au niveau des épaules et pour la première fois, j'aperçois une longue trace d'ancienne brûlure rongeant sa nuque et disparaissant sous ses vêtements. J'ai dû la reluquer sans m'en rendre compte parce qu'avant que je ne détourne le regard, elle porte une main poisseuse vers son épaule, comme pour dissimuler sa blessure.

Comme je n'en ai rien à foutre, je préfère manger comme si de rien n'était. À aucun moment je ne m'attends à ce qu'elle l'ouvre avec son haleine d'œuf pourri, au vu de ces derniers jours. Et encore moins à ce qu'elle prenne appui sur le lit.

— Une explosion, révèle-t-elle avec un sourire aigre.

Je lève un sourcil à son ton étrange. Je ne sais pas comment le définir, même s'il me semble familier. Ou alors, c'est parce qu'elle pue que j'ai du mal.

— Ma mère et moi faisions les courses quand le magasin a explosé.

*Génial. Parfait ! Elle commence à me raconter sa vie !*

— Le gérant avait refusé de payer les hommes d'Adolfo Genovese. Nous ? Nous n'étions que des dommages collatéraux.

Elle éclate d'un rire froid, puis veut continuer à pleurnicher, mais je choisis de la couper pour éviter d'avoir à la supporter plus que nécessaire. Elle a ce don pour rendre mes douleurs inutilement plus insupportables, et je n'ai aucune envie de supporter son haleine et sa puanteur.

— Tu es plus conne que ce que je pensais.

Elle se raidit. Parfait.

— À quoi est-ce que tu t'attendais exactement ? Adolfo Genovese est le parrain de la région. Il est connu pour faire exploser tous les lieux qui lui résistent depuis qu'il est au pouvoir ! Et tu lui en veux pour ça ? Si tu ne voulais pas te retrouver dans cette situation, tu n'avais qu'à déménager ! Mais non, bien sûr, vous, les femmes, vous êtes bien trop superficielles et passives ! Vous vous plaignez, vous pleurez, mais vous êtes incapables de faire quoi que ce soit par vous-mêmes !

Et dire que pendant un instant j'ai pu croire qu'il y avait un seul point d'intérêt chez ce sac à foutre asséché ! Sérieusement ? Elle haït Genovese juste pour ça ? C'était plus pathétique que tout ce que j'aurais pu imaginer.

— Ta mère devait être une sacrée merde pour pondre une conne comme toi ! conclus-je.

Cette fois, mes paroles ont l'effet escompté. En truie dégénérée qu'elle est, elle se relève d'un bond.

— Tu te fous de ma gueule ?! explose-t-elle. Ça fait des semaines que TU restes au lit à pleurnicher comme si c'était la fin du monde et c'est MOI la conne superficielle ?! Je vais t'apprendre une chose, Damiano : moi aussi, mes brûlures me font mal. Tous les jours ! Mais contrairement à toi, je n'utilise pas ça comme une excuse pour me comporter comme un con. Je me suis relevée ! Je me bats !! Moi !!! La pauvre femme fragile et passive et que sais-je encore comme stéréotypes arriérés que tu adores m'affubler dans ta tête. Si tu veux m'insulter, aie au moins les couilles de sortir du lit pour aller aux toilettes tout seul au lieu de porter des couches !

Elle ne me laisse même pas le temps de rétorquer. Encore heureux, avec son haleine, j'allais de toute façon m'évanouir si cette discussion continuait. D'un pas vif, elle se précipite vers la porte. S'arrête pour prendre le combiné du téléphone qui doit lui servir de sex-toy. Le relâche. Et sort de la chambre.

Un sourire pervers aux lèvres, je pousse le plateau d'un doigt pour qu'il tombe au sol. D'avance, je me réjouis à l'idée de la voir ramper à quatre pattes devant moi pour nettoyer ses merdes.

Mais bien sûr, cette conne n'a pas pu s'empêcher de pleurnicher auprès de Lucky puisqu'il est la personne suivante à entrer dans la pièce. Le visage assombri, plus par agacement que par colère – il se foire bien dans sa comédie à deux balles, ce n'est même pas crédible – il pose les yeux sur le petit-déjeuner renversé. D'un grognement, il ressort de la chambre et rentre à nouveau quelques minutes plus tard avec de quoi nettoyer dans les mains.

— C'était vraiment nécessaire ? demande-t-il en se foutant à terre.

Je préfère m'abstenir de tout commentaire, grattant ostensiblement les abords de mes brûlures aux bras à la place pour lui indiquer que je n'ai strictement rien à foutre de lui pour le moment.

— Si tu pouvais éviter de te la mettre à dos, ça m'arrangerait vraiment, ajoute-t-il lorsqu'il a terminé de tout nettoyer.

Ma langue fourmille de l'envoyer chier comme le chien qu'il est, mais je continue à regarder mes bras avec obstination. Si je me concentre, j'arrive même à entendre la rivière presque aussi bien qu'avant le retour de Lucky.

*Je me demande s'il a plu cette nuit.*

Comme je ne lui accorde toujours pas la moindre attention, il ressort sans ajouter un autre mot.

Si je suis d'abord soulagé qu'il évite de me gonfler à la défendre, des pensées plus vicieuses m'envahissent au bout de longues minutes.

Si je continue de maltraiter sa truie, je risque de me mettre Lucky à dos.

Non, ce n'est pas possible. Je suis parano. On a échoué tant de fois ensemble, et il continue de me sucer comme un bon toutou. Une simple dégénérée ne peut pas réussir à nous séparer juste parce que je la traite comme il se doit. Le problème, c'est surtout le je-m'en-foutisme de Lucky qui le rend bien trop tolérant face à ce genre d'aberration.

Ou alors, c'est moi qui suis dégénéré pour le coup. Je dois me rappeler que c'est ce même détachement qui risque de nous séparer. Tout ce qu'on a vécu ensemble n'a jamais concerné une tierce personne. Non que Lucky n'en ait jamais véritablement eu quelque chose à foutre de qui que ce soit jusqu'ici non plus. Et ça, ça reste une énigme sans aucun putain de sens. Lucky ne s'attache à personne. Je ne dirais même pas qu'il tient sincèrement à moi. Et encore heureux, vu à quel point je suis exécrable. Mais ça ne veut pas dire que je suis sans importance, sinon il ne s'obstinerait pas à me coller au cul. Au mieux, nous sommes aussi importants l'un que l'autre, au pire, elle a plus d'importance à ses yeux que moi. Ce qui serait le comble de la dégénérescence ! Pourquoi s'attacher à une femme qu'il ne peut pas baiser ? Je doute que ce soit une question de challenge ou d'ego : lorsqu'il est repoussé, Lucky passe à autre chose sans regard en arrière. Ce qui est complètement con en soi. Si c'était moi, je ne me gênerais pas à les remettre à leur place.

Donc, ça doit être autre chose.

…

Du chantage ? Non, c'est encore plus con. Il jubilerait de me voir la traiter comme il se doit. C'est forcément associé à quelque chose de positif et je doute que ce soit parce qu'elle fait toutes les corvées. (j'imagine que ça l'aide à se sentir moins conne et inutile) Quoi que….

Peut-être qu'il la prend pour sa m-- -. Non, ça a encore moins de sens. Je fais fausse route.

…

…

À moins que je sois plus près de la vérité que je ne le pense.

Et si c'est sa sœur ? Ils ne se ressemblent pas, mais j'ai moi-même une demi-sœur qui ne me ressemble en rien, donc ce n'est pas un argument. La loyauté filiale pourrait être une motivation.

…

…

…

Ou alors, je suis peut-être juste en plein délire. Je suis quand même en train de perdre la boule parce que j'ai craché à la gueule de sa truie deux, disons trois fois en prenant en compte le plateau renversé ! Sérieux ? Je dois vraiment me faire chier pour partir au quart de tour sur du vent comme ça !

Une douleur soudaine m'interrompt dans mes réflexions. Un chuintement m'échappe et je pose les yeux sur mon bras. Je saigne légèrement au niveau de mes brûlures exposées. Il ne manquait plus que ça ! Bon, au moins ça m'apprendra à me gratter mes plaies. Ça requiert pas un intellect supérieur pour comprendre pourquoi c'était con de ma part ! D'un autre côté, quelle idée de ne pas bander toutes mes brûlures ! Quelle conne !

Mon regard glisse vers la porte, songeur. Je n'éprouve pas vraiment l'envie d'appeler qui que ce soit pour une blessure pareille. À la place, je balaye la pièce du regard et m'arrête sur le grand miroir niché entre une autre porte qui, selon les dires de la femme, donne sur un petit balcon – jamais vérifié, j'avais mieux à foutre – et l'angle du mur qui part en diagonale (pour revenir à un angle droit une fois arrivée à hauteur du meuble sur lequel est posé le téléphone, mais limite, ça, personne n'en a rien à foutre).

D'un geste hésitant, j'écarte la couverture, mes jambes puant comme toujours le cramé à en vomir, et pose mes pieds au sol. Je ne sais pas combien de semaines se sont écoulées, mais mes jambes ont l'air d'appartenir à un anorexique. Ou alors c'est juste une impression à cause de ces histoires d'atrophie musculaire que j'ai entendues. Après avoir inspiré profondément, je tente de me lever. Presque aussitôt, je prends appui sur la commode pour éviter de tomber. Sur le coup, je suis bien content d'être seul dans la pièce. Manquerait plus qu'il y ait un public.

Je ferme les yeux quelques secondes. Je me sens bizarre. Et devoir en partie prendre appui sur mes brûlures avec mon bras droit allongé sur la commode n'arrange en rien mon malaise.

J'inspire et j'expire profondément. Pas besoin de psychoter là-dessus. Je me sens seulement « bizarre », pas « mal ». Je n'ai plus l'habitude de marcher. C'est tout. Je vais seulement faire quelques pas. Me regarder dans ce miroir de narcissique débauchée pour voir de quoi j'ai l'air. Puis je vais me rallonger dans ce lit de merde. C'est tout.

Je m'oblige à lâcher la commode et reste debout sans bouger pendant quelques secondes, juste pour m'assurer que mes jambes ne vont pas faiblir sous mon propre poids. Vu le corps de merde que je me paie depuis toutes ces années ça aurait pas été surprenant, mais cette fois-ci, ça va.

Je marche doucement vers le miroir sur pied qui agrandit la pièce étroite.

Une fois devant le miroir, je tire la tronche à ma vue. Les dégâts de l'explosion me rendent méconnaissables. Je n'ai plus beaucoup de cheveux, mais ce qui reste a repoussé n'importe comment et me donne un véritable air de dégénéré. Pas étonnant que la femme ait proposé de me couper les cheveux. Même si elle a sûrement des compétences de merde, ça reste préférable, vu ma gueule.

Les bandages n'arrangent en rien la situation. Je ressemble plus à une momiezombie de mes couilles qu'autre chose dans cet état. J'avoue, une partie de moi a envie de les défaire. Mais si mes brûlures aux bras et mes mains – dégueulasses au possible – qui n'ont plus besoin de bandages, sont encore aussi sensibles et fragiles que je me mets à saigner pour rien, je préfère ne pas m'amuser à regarder ce qu'il y a en dessous. Contrairement à ce qu'on pourrait penser, la nausée ne fait pas partie de mes états favoris.

Je pose malgré tout une main à la compresse sur mon visage. Si on peut encore appeler ça un visage, mais bon.

Un simple contact qui suffit à relancer la douleur. Dommage, moi qui voulais continuer ma curiosité perverse.

Pour le coup, cela me fait penser que l'autre truie aurait dû changer mes bandages ainsi que mes couches ce matin. Je me tourne vers la porte avec hésitation. L'appeler serait un aveu de faiblesse – ce qui serait un comble alors que je vais de mieux en mieux – et il est absolument hors de question de laisser cette aberration penser qu'elle m'est supérieure. Je pourrais ne rien faire, mais gâcher ma santé par fierté est puéril. Et con.

Aussi, je fais quelques pas en direction de la porte, tout en m'entraînant à dissimuler au mieux ma maladresse. Je ne suis pas aussi bon que j'aimerais, mais ça devrait aller. C'est pas comme si j'avais affaire à des flèches de toute façon.

Après avoir ouvert la porte, je me laisse guider par les couinements des deux colocataires.

— -- -aternel, en plus ! C'est encore pire, tu comprends ? termine Lucky de sa voix rapide.

— Ce n'est pas une excuse ! Il n'a qu'à se faire soigner plutôt que---

Elle la ferme dès qu'elle me remarque. Et moi, je ne peux m'empêcher de sourire devant son regard de vache folle. Je prends négligemment appui sur le dossier de la chaise près de la table qui prolonge la cuisine ouverte puant le déodorant pour la toiser froidement.

— Je vais faire des courses, déclare-t-elle sèchement en marchant vers la cuisine.

— Prends un post-it, j'ai une liste de course pour toi, réplique-je.

Son corps se raidit alors qu'elle se baisse pour prendre un sachet en plastique. Son regard passe de la vache à la morue en quelques secondes.

— Va te faire foutre ! siffle-t-elle.

Je lui lance un sourire méprisant. Pour être franc, je n'ai rien de particulier en tête. Mais la rendre tarée et la faire meugler est étrangement satisfaisant. Encore un peu et je pourrais même oublier de me concentrer pour éviter que mes jambes ne tremblent comme des pucelles.

Du coin de l'œil, j'aperçois Lucky croiser les bras.

— J'irais me « faire foutre » dès que j'aurais obtenu de quoi partir. Mais si tu tiens tellement à ce que je reste ici, alors…….

Je ne termine pas ma phrase. J'en ai pas vraiment besoin. Je suis presque triste de pas la voir exploser d'ailleurs. C'est drôle de voir à quel point elle a changé juste avec un peu de provocation. Où est donc la femme terrorisée calculant tous ses gestes et toutes ses paroles et qui évitait soigneusement de croiser mon regard ?

Malgré cette déception, je ne m'en appuie pas moins un peu plus sur la chaise en bois sans aucune classe, feignant être prêt à m'installer.

— Laisse, Sandra, je vais le faire, intervient Lucky, agacé par la tournure des évènements.

Il se penche en avant et je peux pas m'empêcher d'imaginer que derrière le canapé qui me barre la vue il y a une table basse sur laquelle se trouvent des post-its et un bic. Je profite de ce moment où on n'est pas en train de me reluquer pour répartir le poids de mon corps un peu plus sur le dossier de la chaise. J'ai déjà des fourmis.

— Je t'écoute, lance-t-il à mon adresse.

J'invente à moitié une liste qui l'obligera à ratisser plusieurs magasins pour tout trouver. De quoi la tenir éloignée d'ici au moins quelques heures pour changer – et la faire suer un peu lui fera le plus grand bien –

tout en obtenant des objets et composants utiles à l'avenir. Bon, après, je ne vais pas mentir, le but est avant tout de la faire enrager. Elle enrage d'avance, d'ailleurs, puisque son visage se défait au fur et à mesure de mes paroles. Une vraie gelée dégoulinante. Je ne serais pas surpris de voir le plastique fondre entre ses doigts moites et je me demande à quel point je devrais la titiller pour qu'elle me saute dessus pour m'étrangler. Juste pour que je puisse la frapper dans mon bon droit. Dommage qu'elle réussisse à se retenir jusqu'au bout. Je mentirais en disant que mon bras ne me démange pas un peu.

Elle arrache presque la liste de la main de Lucky et sort en trombe de la maison par la porte derrière moi. De quoi apprécier sa puanteur parfumée quelques secondes. Devant moi, Lucky me lance un faux regard désapprobateur, les bras à nouveau croisés. Tant pis pour lui, c'est franchement pas mon problème. Ce n'est pas comme si j'avais menti et ça, au moins, Lucky en a conscience. Qu'il pleure sur ma méthode tant qu'il veut, il sait que le but est louable.

— Tu es sérieux ? demande Lucky dès que les pas furieux de la femme cessent d'être perceptibles.

Je relâche enfin le dossier de la chaise, presque collant sous mes doigts, pour m'approcher à mon rythme de Lucky. Je l'observe, une infime partie de moi curieuse de déchiffrer les pensées de Lucky sur toute cette situation. Une manière de me rassurer, qu'effectivement, j'ai pété un plomb tout à l'heure.

— Plus ou moins, réponds-je en faisant le tour du canapé pour m'asseoir. On partira de ce taudis la semaine prochaine.

J'ai une bonne surprise pour une fois : le canapé est plus confortable que ce à quoi je m'attendais. En très bon état et sans odeur en plus, malgré les déchirures recousues ici et là. Comme quoi, l'amour des tâches ménagères des femmes a au moins un avantage. Je ferme les yeux quelques secondes. Comme l'autre garce n'est plus là, je laisse enfin mes jambes trembler de fatigue à leur guise.

— Jusque-là, j'ai une autre mission pour toi ! J'aimerais que tu convainques Federico de nous prêter sa planque.

S'étant assis à même le sol – tant mieux, j'ai pas envie de l'avoir à côté de moi et sentir la chaleur de son corps, mes brûlures me suffisent – les jambes croisées, Lucky a le regard dans le vide pendant de longues secondes avant de répondre :

— Je ne pense pas.

— Pardon ? (je comprends aussitôt son problème) Si tu t'inquiètes pour cette femme, je promets de me tenir pendant que tu es parti.

Lucky laisse échapper une onomatopée inutile et me toise du regard. Impossible de décrire ce qu'il ressent. Une légère inquiétude me prend les tripes.

— Est-ce que tu tiendras le coup ?

J'arrête immédiatement de gratter mes mains rougies et me tends. À l'entendre, il s'enquiert presque de mon bien-être. Je serre la mâchoire.

— Pourquoi crois-tu que je vais attendre aussi longtemps pour partir ? Déjà, j'arrive à marcher, hein, le reste, ça va bien revenir si je force un peu.

Lucky soupire légèrement en dirigeant son regard vers le sol, mais a au moins la décence de ne pas se plaindre. Bien.

Je détourne le regard, ne voyant plus l'intérêt de l'observer. J'ai ma réponse.

Nous restons silencieux pendant un moment, des chants d'oiseaux comme seule compagnie, avant que je ne me rappelle la première raison qui m'a poussé à sortir de la chambre. Comme Lucky avait déjà dû me soigner par le passé, je lui ordonne donc de remplacer mes bandages. J'évite, en revanche, de lui parler de mes couches. Déjà qu'en porter est suffisamment humiliant, il est hors de question que je me déshabille pour qu'il lave mes parties intimes et me change comme si j'étais un vieillard sénile.

Lucky s'attelle docilement à la tâche en me posant des questions de temps à autre et réfléchissant avec moi à haute voix sur ce que l'on va faire à partir de maintenant. Lorsqu'il la ferme, c'est pour me laisser respirer en s'éloignant un peu ou pour s'assurer que son aberration de colocataire ne revienne pas et surprenne notre conversation. De fil en aiguille, j'en viens à l'interroger sur ce qui l'a poussé à parler de moi à l'autre garce. Sérieusement, faut être con pour parler de son boss mafieux ! Lucky essaie de faire passer la pilule sous couvert qu'il n'a pas vraiment eu le choix : il était parti en Amérique, sans moyen de s'assurer de ma survie (touchant n'est-ce pas ?), il connaissait les risques du métier, alors il a mis la femme en confidence pour me recueillir si jamais quelque chose m'arrivait.

Je ne peux m'empêcher de sentir monter la bile à ces paroles. Ce qui est génial, ça faisait un moment que je n'avais plus eu envie de vomir ! Je tente un mouvement de recul, mais Lucky pose une main sur mon épaule pour m'en empêcher afin de pouvoir terminer mes soins. Un grondement et un regard noir m'échappent, mais je reste docile.

— Tu te souviens du parcours et des points-clés que je t'ai donnés ? Pour si jamais on a un problème ou qu'on est blessé ? Je lui ai donné le même ! explique-t-il en coupant les derniers bandages à l'aide d'une paire de ciseaux qu'il avait pris dans l'unique tiroir de la table basse.

Pour être franc, non, je ne m'en souviens absolument pas. Je sais même pas comment j'ai pu m'y rendre à moitié crevé. Sans m'en souvenir en plus ! En revanche, ça veut dire qu'elle a un permis, et donc elle doit forcément avoir une voiture et ça, ça m'arrange. Je suis sûr de réussir à persuader

Lucky de lui parler pour la convaincre de nous la donner sans chialer. Mais pas aujourd'hui.

Les heures s'écoulent et Lucky finit par sortir pour aller chercher quelque chose à bouffer dans un fast-food au bout de la rue. De mon côté, je profite d'être enfin seul pour m'allonger sur le canapé. J'ai la tête qui tourne depuis un moment de n'avoir encore rien mangé de la journée, mais j'ai préféré l'ignorer jusqu'ici. Étrangement, la faim étouffe la douleur. C'en est presque reposant, d'une certaine manière.

C'est même suffisamment reposant pour que je m'assoupisse, visiblement, puisque je me réveille en sursaut lorsque la porte s'ouvre. Une odeur de friture envahit la pièce et je me rends compte que cela fait une éternité que je n'ai plus mangé de la malbouffe. La pauvre conne doit être comme les autres femmes lobotomisées à se laisser mourir de faim pour leur « corps » comme si profiter de la vie était un crime.

Malgré ma faim tenaillante, je prends bien soin d'éviter tout empressement et laisse Lucky venir à moi et préparer la table.

Notre repas se fait dans un silence quasi religieux, mis à part le commentaire de Lucky sur les frites américaines apparemment immangeables. Je ne me force même pas à sourire. Déjà, j'en vois pas l'intérêt et, ensuite, Lucky se moque de ce genre de chose de toute façon.

C'est seulement une fois que nous avons terminé de manger que les heures commencent à vraiment tirer en longueur. Et que ma couche pleine commence à sérieusement me faire chier. Même si j'avais fait exprès de chasser l'autre conne, je ne me suis pas attendu à ce que ça prenne aussi longtemps.

Alors que la nuit commence à tomber, elle n'est toujours pas revenue. Soit elle prend vraiment très à cœur de me voir partir – belle salope – soit elle a décidé de faire du shopping ou autre activité dégénérée du genre. J'en reviens presque à regretter de l'envoyer chier. Surtout que maintenant j'ai l'impression de baigner dans mes excréments badigeonnés d'urine.

Finalement, elle arrive lorsqu'il fait nuit noire. Des pas de mammouths – et encore, c'est insultant pour les mammouths – et une porte qui claque plus tard, elle rentre en trombe vers le canapé sur lequel je me suis rapidement remis en position assise avant qu'elle n'entre. Pas de bol, je tourne la tête juste au mauvais moment.

— Voilà tes courses ! dit-elle d'une voix furieuse en renversant le contenu d'un sachet sur ma tête.

Je n'ai même pas le temps de fermer les yeux que je sens une douleur inhumaine au niveau de mes joues et de mon front alors que du papier virevolte autour de moi. Je bondis en hurlant sans même m'en rendre compte. Je la saisis par les poignets et la tire vers moi. Elle passe par-dessus le canapé, incapable de se défendre. Je ne sais pas encore ce que je suis en train de faire ou ce que j'allais faire et je m'en fous, je sais que cela allait me faire du bien, mais avant que je ne puisse passer à l'acte, je reçois un coup à l'arrière du crâne. Rien de grave, juste assez fort pour que je relâche ma prise de surprise. Je n'en hallucine pas moins de voir Lucky s'opposer physiquement à moi.

— Retourne dans ta chambre, ordonna-t-il d'une voix mesurée et d'un bras tendu pour m'éloigner de la dégénérée.

— Elle m'a blessé ! m'offusque-je en m'écrasant de rage contre son bras.

Lucky me repousse suffisamment pour se mettre entièrement entre nous deux.

J'aurais dû la buter avant le retour de Lucky ! Le faire passer pour un accident ! J'aurais pu le convaincre ! Il me fait confiance !

*Tout ça pour une pute qu'il ne peut même pas baiser !*

— Je sais, admet-il en continuant de me tenir fermement éloigné d'elle de ses deux bras à présent.

Il l'admet. Il l'admet ce connard et pourtant il la protège ! Puisqu'il tient tellement à ce qu'elle vive, qu'elle vive ! Mais ça ne veut pas dire que je ne peux pas la battre et lui briser les os pour lui faire payer ce qu'elle m'a fait !

— Je vais soigner tes coupures. Va dans ta chambre.

Je jette un regard par-dessus l'épaule de Lucky et la vois s'installer sur le canapé, comme une reine, les jambes et les bras croisés. Elle n'a même pas la décence d'avoir l'air inquiète. Sale pute ! Pour qui se prend-elle ?! Je devrais---

— Ne m'oblige pas à t'y emmener de force, gronde Lucky comme s'il lisait dans mes pensées.

Je serre les dents. Je les serre tellement fort que j'espère qu'ils vont se briser sous la pression pour que je puisse récupérer les morceaux et les poignarder ! Mais non, je ne parviens qu'à les faire grincer. À regret, mais pas moins enragé, je commence lentement à m'éloigner, le regard fixé sur la porte de la chambre non loin de la porte d'entrée.

*Ça va pas se terminer comme ça ! Je refuse que ça se termine comme ça ! Je vais briser cette conne ! Je vais briser sa relation avec Lucky d'une manière ou d'une autre !*

Tout le monde a des secrets inavouables. Et je compte bien les vomir au grand jour.

Dès que j'ai refermé la porte de la chambre derrière moi, je décide de fouiller la pièce de fond en comble. J'ai quelques minutes : Lucky va sûrement discuter avec sa dégénérée asséchée avant de venir me soigner. Oui, j'ai pas le moindre doute qu'il vienne ramper dans quelques minutes.

Cette chambre – je sais que c'est celle de cette salope depuis mon premier réveil (son incapacité à la fermer, tout ça) – est assez austère et petite. J'aurais aucun problème à foutre la merde pour trouver quelque chose.

Je commence par les livres de sa petite bibliothèque à ma droite.

Mes doigts sont sensibles alors que j'inspecte les livres un par un. Je me retiens de les déchirer en lambeaux. Tout comme je compte bien superbement ignorer la moindre once de douleur pour le moment. Manquerait plus que je devienne le sous-fifre de mon corps de merde maintenant.

Cela ne dure pas longtemps, même si je m'arrête de temps à autre pour tendre l'oreille par-dessus la rivière assourdissante pour m'assurer que personne ne s'approche. J'ai mieux à foutre que me battre physiquement avec Lucky parce que d'un coup il se sent pousser des sentiments.

Je ne trouve rien d'intéressant : des livres d'astronomie qu'elle a dû s'acheter pour se donner un genre, des romans policiers de gare d'écrivains merdiques aux pages jaunies de vieillesse, et c'est tout. Les rangées sont globalement si peu remplies qu'il y en a même une entièrement vide. Peu surprenant venant de la part d'une conne arriérée. Limite, je ne trouve pas choquant l'absence de romans à l'eau de rose. Même ça, ça doit lui demander trop d'effort.

Avec un grognement, je passe à autre chose.

Juste à côté, le bureau, sur lequel ne repose qu'une lampe de table, est pourvu de deux tiroirs. Après les avoir renversés au sol, je ne trouve rien d'autre que des crayons entamés, des bics sans bouchons, une règle, du scotch et autre matériel du genre. Vient ensuite le meuble au pied du lit. Dans les deux premiers tiroirs, je n'ai même pas la chance de trouver un sex-toy, pour remplacer un vrai phallus, dissimulé parmi les vêtements et sous-vêtements. La dernière rangée contient ses chaussures. Même ses affaires sont chiantes, quelle surprise ! Et c'est pas ses quelques produits haut de gamme qu'une pauvre connasse lobotomisée ne serait pas prête à acheter pour se donner un genre qui change grand-chose !

Alors que je laisse un râle m'échapper d'avoir déjà fouillé la moitié de la chambre, je renverse les tiroirs de la commode ayant servi de table de chevet. Là aussi, un résultat d'une chiantise à crever : pyjamas et robes de nuit coquines, des vêtements de sport et des chaussettes. Mon dernier espoir reste la penderie. Enfin, espoir. Je suis pas assez arriéré pour y croire. Je l'ouvre et lance un regard morve à l'intérieur. Même pas la peine de fouiller, je sais déjà qu'il n'y a rien.

Debout à côté du miroir, je suis sur le point de le briser, mais je parviens à me retenir après levé un poing prêt à s'abattre. Hors de question que je laisse une connasse comme elle gagner ! Je n'ai qu'à inventer quelque chose ! N'importe quelle connerie pour que Lucky comprenne enfin qu'elle n'est qu'une salope dégénérée !

Mon regard tombe sur le téléphone alors que je me détourne.

Mais pourquoi me faire chier en fait ? Un seul coup de fil bien placé et cette sale pute crève !

Je m'élance – autant que possible dans mon état de merde – vers le téléphone. Sans surprise, il a été débranché. Même les plus dégénérés des cons peuvent avoir des étincelles, c'est presque touchant.

Je me mets à genoux et tire la table de chevet. La prise est bien là, tout au fond. Je rebranche rapidement le câble et prends ensuite appui sur le meuble pour me relever quand quelque chose attire mon attention.

*

Alors que je sors précipitamment de la chambre en claudiquant, je percute Lucky. La trousse de premiers secours dans ses mains tombe au sol lorsque je l'attrape durement par le bras pour le tirer avec force vers la porte d'entrée.

— Dam —

— On part d'ici, *tout de suite !* coupe-je brutalement en l'obligeant à se baisser pour que je puisse monter dans ses bras.

Là, tout de suite, j'en ai rien à foutre d'être humilié.

À peine ai-je le temps d'entendre une autre voix derrière nous que la porte claque derrière                                         nous.

# V.

Agacée, j'ôte le linge du sèche-linge.
Même si je suis parvenue à nettoyer la
maison de fond en comble avant l'arrivée de
mon invitée, la débâcle de la veille continue
de m'irriter au plus haut point. J'ignore
pourquoi Damiano s'est ensauvé aussi
soudainement. J'ai eu beau me vêtir au plus
vite pour les rattraper – prendre une douche à
ce moment-là pour me détendre fut une
erreur – je n'ai pu les retrouver, et interroger
les habitants du quartier s'était avéré
infructueux. Ensuite, le lendemain matin, je
n'avais guère l'occasion de pousser mes
recherches plus avant à cause du coup de fil

inopportun de mon invitée, inquiétée suite à notre conversation de la veille. J'ai hésité, tentée de rejeter son offre, néanmoins, la probabilité qu'elle se mêle de mes affaires et découvre la vérité était trop élevée pour que je prenne un tel risque. Dans son état, Damiano est, à coup sûr, toujours dans les parages. Je n'aurais qu'à être à l'affut des histoires de vols dans les prochains jours pour le retrouver.

J'ai effectué ce nettoyage intensif sans déplaisir. Mon ancien travail m'avait poussé à développer un sens aigu de la propreté et il est absolument vital que personne ne puisse déceler le moindre indice de la véritable identité des deux mafieux.

Fatiguée, malgré tout, de mes va-et-vient incessants, je me console en me rappelant que je n'ai plus qu'une seule tâche à accomplir à présent.

Le linge dans les bras, j'entre dans la chambre de Fausto pour ranger le long drap de lit en coton dans le coffre en bois massif au pied du lit, qui nous sert…servaient à entreposer le linge de lit. Je tire parti de cet instant pour emporter les derniers livres, ôtés de ma chambre, par prudence, le jour où j'ai recueilli Damiano. Je m'empresse de les ranger dans ma bibliothèque, au mur en face de la salle de bain, seule pièce entre les deux chambres, dans l'ordre exact où ils étaient précédemment. Mon attention se porte sur mes vieux livres un instant, et je passe mes doigts sur le dos des plus abîmés. Je devrais profiter de l'occasion pour les jeter afin de libérer de l'espace pour mes achats futurs.

Après tout, éviter d'agir par peur d'être suspecte est la pire décision que je puisse prendre.

Une demi-heure plus tard, cette tâche supplémentaire accomplie, je balaie la pièce du regard, à la recherche du moindre oubli. Tout est identique à mes souvenirs, comme s'il y n'y avait jamais eu d'intrus : un tableau derrière le téléphone, quelques photos, dont celle de ma mère et de ma sœur que j'avais pris bien soin de dissimuler sous l'un des meubles, sur la commode, trois classeurs soigneusement verrouillés dans le bureau sur lequel repose un bloc de feuilles vierge et, pour terminer, deux plantes fraîches sur le rebord de la fenêtre. La seule anomalie détectable est l'odeur épouvantable d'un parfum trop arrosé qui, si cela s'avère nécessaire, pourra être justifié par une manœuvre accidentelle de ma part. Un excès pour certains, cependant, je voulais éviter tout impair. Satisfaite, j'entrouvre la fenêtre dans l'espoir de dissiper l'odeur quelque peu ; je retourne, ensuite, à la cuisine où le repas du soir est en train de mijoter.

Quelques minutes s'écoulent, sans que rien ne vienne troubler ma tranquillité. Pourtant, alors que j'assaisonne la viande, un léger sourire aux lèvres dû aux bonnes odeurs de ma cuisine, un doute m'envahit et mon sourire tombe. J'ai soudainement l'impression d'oublier quelque chose, toutefois, je ne parviens pas à en déterminer la nature. Sourcils froncés, j'abandonne la nourriture une nouvelle fois pour refaire le tour de la maisonnette. J'avais bien effacé toute trace de sang, changé tous les linges, y compris ceux du canapé, mis sous clé les courses pour Damiano – un réel soulagement ! deux mafieux en fuite avec de quoi mettre au point une bombe artisanale aurait été trop ennuyeux pour que je dissimule leur existence plus longtemps – j'ai même récuré la toilette, le bain et l'évier. Tout ce qui a pu être touché durant leur séjour ici. Alors pourquoi, *pourquoi* je ne parviens pas à me détendre ?

Je reviens sur mes pas pour verser les pâtes dans un égouttoir, distraite au point de ne pas faire attention à la nouvelle vague de vapeur bouillante. Je tente de me convaincre que ce doute n'est qu'un symptôme de mon stress et non un indicateur que j'ai effectivement négligé un élément lors des préparations. Je me retourne pour prendre appui sur la table de cuisine pendant que les pâtes s'égouttent, le regard vers le salon. Mon regard tombe inexorablement sur mon ordinateur moyen de gamme.

*Oh...* Oh ! *Mais oui bien sûr ! Les fichiers !*

Un rapide coup d'œil à la vieille horloge, héritée de ma mère, alors que j'allume l'appareil m'indique qu'il ne reste que cinq minutes avant l'arrivée de ma sœur.

Je porte les mains à mes lèvres, en prière, l'ordinateur a beau être neuf, il m'apparaît plus lent que de coutume. Je bondis presque lorsqu'il est chargé et me hâte d'ouvrir divers dossiers. Je sélectionne ceux au nom des deux mafieux pour les jeter à la corbeille. Corbeille que je m'empresse de vider. J'exécute ensuite un logiciel qui permet de supprimer définitivement ce qui a été vidé de la corbeille. Enfin, pour la première fois depuis le départ des deux mafieux, je sens mon corps se détendre complètement.

Les yeux fermés, je pousse un profond soupir. J'ai tout juste le temps de prendre appui sur le dos du fauteuil que la sonnette se déclenche. Presque à regret de ne pouvoir profiter de cette victoire, je quitte l'ordinateur qui se ferme pour aller ouvrir la porte.

Derrière la lourde porte d'entrée, je découvre ma sœur, en tailleur alors que je ne porte qu'une robe informelle et sobre, avec un sourire bienveillant qui ne cache guère son inquiétude.

Nous échangeons des formules de politesse, enlacées. Dès que je l'ai relâchée, je m'écarte pour qu'elle puisse entrer, le sourire toujours aux lèvres.

— Alors, cette promotion ?

— Difficile. Je comprends mieux pourquoi maman était toujours fatiguée, me répondit-elle les yeux brillants de plaisir.

Nous continuons notre discussion, le temps que le repas soit prêt, puis nous mangeons, la télé dernier cri, achetée par Lucky peu de temps avant son départ en Amérique, allumée au bout de la pièce pour servir de bruit de fond. Elle m'interroge sur ce fameux colocataire qu'elle n'a jamais rencontré : elle se demande si je ne lui ai pas dit que c'était un homme pour éviter de lui avouer que j'ai une amante. Je m'en amuse et démens sa curiosité, non sans un léger pincement au cœur en pensant à Fausto.

Une partie de moi n'éprouve guère d'appétit, malgré le plaisir gustatif que m'octroie mon plat, mais je ne me force pas moins à manger normalement.

De son côté, elle se confie sur ses problèmes de couple et de mère. Rien d'alarmant, juste les broutilles habituelles, communes à tous les couples et parents. Rien qui ne pose de réel souci à leur relation, mais qui sert de sujet de conversation. Non que cela m'ennuie. Le sujet en lui-même a moins d'importance que l'opportunité de profiter l'une de l'autre. Nous nous voyions peu depuis un long moment. Les trivialités nous permettent de renouer en douceur plutôt que de nous abandonner dans des conversations clivantes et désagréables.

Hélas, l'ambiance chaleureuse qui s'est installée retombe soudainement lorsqu'un reportage sur Adolfo Genovese remplace le thriller dont le générique de fin vient de se conclure. Nos sourires enjoués se figent, nos regards perdent leur éclat et Valeria ne tarde guère à éteindre la télévision. Nous restons ensuite silencieuses quelques secondes, les yeux rivés sur nos plats presque vides et nos bras sur la table, avant qu'elle ne se racle la gorge et relève la tête :

— Je suis contente de voir que tu vas mieux. Tu devrais appeler la psy du boulot pour refaire des tests.

— Je comptais la joindre lundi prochain, avoue-je.

Si je ne parviens pas à mettre la main sur les deux mafieux d'ici là. Et je compte faire tout ce qui est en mon pouvoir pour y arriver. Je ne suis pas dupe, une telle occasion ne se répétera pas deux fois. Si je ne les retrouve pas, je vais être obligée de me salir les mains. Je suis prête à risquer la prison pour parvenir à mes fins. Cela n'a jamais été un souci. Cependant, je préférerais éviter de déshonorer ma défunte mère.

— Si jamais ça ne marche pas…. entame-t-elle lentement.

Je lève les yeux, intrigués par son changement d'intonation : prudente et mesurée malgré l'amour qui transparaît.

— Le programme spatial du pays va se développer dans les prochaines années. Le gouvernement compte bien devenir la troisième puissance spatiale européenne. Ils vont devoir recruter en masse. Avec ton expérience et mon aval, si tu reprends tes études, tu seras embauchée rapidement.

Silencieuse, je détourne la tête pour me focaliser sur la fenêtre de la cuisine. À l'extérieur, les branches d'un arbre fruitier dissimulent le paysage. La gorge serrée, je déglutis avant de tourner mon attention vers ma sœur, mais sans croiser son regard.

— Je ne pourrais pas juste les reprendre, je devrais recommencer depuis le début. Ca fait trop longtemps.

— Dépose une demande. Je trouverais un moyen de négocier avec la direction.

Je claque la langue durement et fronce les sourcils légèrement.

— Val, j'ai *envie* de retravailler pour l'organisation. C'est pour ça que j'ai accepté ma mise à pied et que j'ai fait tout ce qu'on m'a demandé jusqu'ici. Je *veux* revenir, pour maman.

Ma sœur m'octroie un regard attendri à cette réponse, puis se lève de table, assiette et couverts en main. Je lui emboîte le pas avec ma propre vaisselle, écartant notre conversation de mes pensées.

— Laisse, je vais faire la vaisselle demain, dis-je en déposant négligemment le tout dans l'évier.

Valeria ouvre la bouche pour rétorquer, cependant, à ce moment-là, son coude cogne accidentellement le liquide vaisselle, sorti plus tôt pour nettoyer les assiettes des deux mafieux. La bouteille en plastique tombe droit dans la corbeille à papier d'un bruit sourd.

Je glousse à sa maladresse en prenant appui sur la table de cuisine des deux coudes.

— Ne riez point, madame ! je suis votre supérieure hiérarchique ! gronde-t-elle faussement, penchée pour ramasser la bouteille.

Sans surprise, en la sortant de sa prison de papier, quelques boulettes chutent au sol à leur tour. Pendant qu'un second gloussement m'échappe, Valeria s'accroupit.

— Tu as un post-it sous la table, indique-t-elle.

— Oh ?

Je penche la tête, perplexe. J'ignore comment et quand un post-it a pu choir là après une journée entière de ménage. Je n'ai pas l'habitude de laisser du papier prêt à s'envoler chez moi, et j'ai toujours insisté auprès de Fausto pour qu'il fasse de même. De plus, je n'ai pas employé de post-it depuis plusieurs semaines. En vérité, le dernier post----

Mon visage blêmit alors que je me relève brusquement.

— Agent Martelli (toute tendresse avait quitté sa voix, remplacée par une dureté inconnue jusqu'à aujourd'hui : la voix de la nouvellement promue directrice des opérations de la Direction des Enquêtes Antimafia) pourquoi comptez-vous créer une bombe artisanale ?


FIN.

# Biographie de l'auteur

Après plusieurs années passées à écrire à titre privé, Willow H.R. Harper a décidé de se lancer dans l'autoédition. Entre récits gratuits ou payants et littératures de l'imaginaire ou réalistes, l'auteur se voue à la diversification plutôt qu'à la spécialisation.

# Vous pouvez me retrouver sur mon site :

willow-hr-harper.net

# Ou me suivre sur les réseaux sociaux :

pinterest.com/facebook5904/

twitter.com/WillowHRHarper1

facebook.com/WillowHRHarper/

© 2020 Willow H.R. Harper

9, Rue Des Champs 8826 Perlé

*Tous droits de reproduction, par quelque procédé que ce soit, d'adaptation ou de traduction, réservés pour tous pays. Sauf dans le cas d'une critique littéraire.*

Date de parution : Novembre 2020